¿Qué Es el ARTE?

Teatro

BARRON'S

Vamos al teatro

Hoy fuimos con Ana al teatro.
Fue impresionante ver el escenario, las cortinas, las luces y el montón de butacas que hay en la sala. Era una obra divertidísima donde salían animales—bueno, no eran animales, sino personas que hacían de animales—y títeres que hacían de personas. En el teatro, ¡todo es posible!

Se alza el telón

4

Cuando terminó la obra, fuimos
con Ana y sus amigos a saludar
a los actores. Fue increíble. Detrás
del telón había muchísima más
gente de la que salió al escenario:
el encargado de las luces, el del
sonido, el de los decorados, la
directora y unos cuantos músicos.
Y todo estaba lleno de cuerdas,
poleas, baúles y decorados.

Pongamos cara de...

Uno de los actores, que en la función hacía de oso, nos contó que sólo se necesita una cosa para hacer teatro: jugar a representar cualquier situación.

Por ejemplo, ¿qué cara pones cuando estás triste?
¿Y cuando hueles una cosa agradable?

Pablo pone cara de enfadado, después se tapa la cara
con las manos y, cuando se la destapa, ¡parece muy
contento! Vamos, juguemos todos a poner caras.

Un cuerpo imaginativo

—Ahora lo vamos a hacer más difícil—nos dice el actor.
—Imaginemos con todo el cuerpo. Hagamos ver
que somos… ¡robots!—Y todos jugamos a hacer de
robots. Unos andan y mueven los brazos muy rápido,
mientras otros van tan despacio que parece que se les
han agotado las pilas.

El cuerpo nos permite
tantas posturas que
podemos hacer de
animales, de títeres,
de equilibristas, de
mesa, de percha o
de árbol. ¿Te atreves
a intentar una pose?

Ruidos

¡Nos tenemos que fijar también en la voz! Por ejemplo: ¿se imaginan un pollito gruñendo como un tigre? ¿Y un gigante malo hablando como un hada buena? A ver todos, traten de hablar de formas distintas: suave, rápido, flojito, fuerte... o bien, rápido y lento a la vez.

Y para hacer ruidos, podemos usar dos palos, un papel, arroz dentro de un tarro, las manos, los pies o... ¡la nariz!

Personas
y personajes

Y ahora vamos a actuar. Ana quiere hacer de Caperucita Roja y Pablo quiere hacer de lobo, pero que sea bueno. Y Raúl insiste en que él quiere hacer de nube de tormenta, aunque... ¿cómo se puede hacer de nube? Y después de llover, ¿las nubes están igual o cambian de forma? ¿Y Caperucita es alta o baja? ¿Alegre o muy seria?

Ustedes también pueden inventar personajes:
¡hay miles de millones de posibilidades!

El actor nos llevó a un rincón del teatro donde había baúles llenos de telas, cintas y sombreros. También había cartulinas, pegatinas y una grapadora. Lo hemos pasado genial disfrazándonos.

Y si no tenemos telas, podemos utilizar la ropa más vieja que encontremos en casa y usarla con imaginación: unos calcetines pueden servir de guantes y un suéter puede hacer de falda. ¡Inténtalo!

El baúl de las sorpresas

¿Nos pintamos?

Fuimos al camarín, que es la habitación donde los actores se visten y se preparan para hacer la función. ¡Qué desorden! Todo estaba lleno de barras de maquillaje, purpurina, polvos y lápices de colores. Incluso había pestañas y uñas postizas. ¡Nos ha encantado esto del maquillaje!

Para nuestro cumpleaños, pediremos pinturas para la cara.
Así nos podremos maquillar en casa.

Érase una vez...

Todos hemos pensado ya el personaje que queremos hacer, nos hemos disfrazado y nos hemos maquillado. Haremos el cuento de Caperuita. Lo empezaremos como se debe, pero luego, ¡a ver cómo lo terminamos! ¿A lo mejor el lobo no se come a Caperucita? ¿Y qué si Caperucita se come al lobo?

Es divertidísimo jugar a hacer ver que somos otra cosa. ¿Quieres probarlo con tus amigos?

Decoremos e inventemos

Pero todavía nos falta una cosa: ¡el escenario de la historia! Claro, necesitamos un coche, una casa y una canasta con manzanas. Enseguida empezamos a buscar lo que necesitamos: la silla colocada al revés hará de coche, la casa la haremos con la mesa, con unas mantas viejas haciendo de paredes, y las manzanas vendrán del refrigerador. Ahora ya estamos listos para empezar.

Teatro de sombras

No crean que todos los teatros son como éste. Hay obras que se representan en la calle, sin escenario; otras se hacen con marionetas, que son como los títeres pero se mueven con hilos. También hay un teatro de sombras: ¡lo que ve la gente es la sombra de las personas o de las cosas que hay detrás de una sábana!

Animando muñecos

Hay muchas clases de títeres. Los puedes hacer pintándote la mano, con un guante, con un calcetín, etcétera. A Ana le encanta jugar con los títeres, aunque esté sola. Cuando vienen sus amigos, mezclan varios tipos de títeres: unos con los dedos pintados, otros con figuritas recortadas y otros con títeres comprados, tan bonitos como los que tienen en los teatros.

También hacen caretas con lo que encuentran en casa. ¡Y después improvisan un teatro con sillas y un trozo de tela!

Más difícil todavía

—Y para terminar, ¡el circo! No crean que me olvidaba de él—nos explica el actor—pero el circo no es realmente teatro. La gente del circo no nos hace creer que es distinta, sino que hace cosas muy, muy difíciles: piruetas sobre una cuerda, montar en bicicletas de una sola rueda, saltar por los aires de un trapecio a otro o… ¡hacer que los malabarismos con diez bolas a la vez parezcan muy fáciles!

¡Hagamos circo!

Con imaginación, puedes jugar aunque no tengas ningún juguete. Puedes hacer ver que eres un equilibrista en la cuerda floja: sigue la línea que separa las losas de la acera y... ¡alehop! da un triple salto mortal imaginario, saltando de una losa a otra. ¡Uf, qué miedo has pasado!

¡Así se empieza en el circo!

Actividades

UN TEATRO MUY SENCILLO

Busca una caja vacía de cartón. Haz un corte en cada lado y otro por arriba, como ves en el dibujo. Dibuja sobre un cartón dos personajes de la obra de teatro que quieras representar. Recorta los personajes y pégales por detrás una tira de cartón con cinta adhesiva. En otro cartón dibuja un decorado y pégale una tira por arriba. Puedes dibujar tantos decorados y personajes como quieras, e ir cambiándolos durante la representación.

TÍTERES DE PALO

Dibuja sobre un cartón la figura que desees representar. Después recórtala con tijeras y pégale por detrás un palito con cinta adhesiva. Las paletas de helados son excelentes. Puedes hacer tantas figuras como quieras, ¡y conseguirás unos títeres fenomenales!

TÍTERES DE MANOPLA

Encuentra una manopla, botones y lana vieja. Colócate la manopla en la mano y decide qué personaje vas a hacer con ella. ¿Un monstruo que come galletas? ¿Un topo? ¿O quizás un ratón? Pega los botones donde quieras que vayan los ojos y un poco de lana para hacer el pelo. Los bigotes los puedes hacer con cartulina negra recortada muy fina o... ¡con las fibras de una escoba! Si utilizas un calcetín largo para hacer el títere, puedes hacer una serpiente o el cuello de una jirafa. Coge calcetines y manoplas, pruébatelos y mira a ver qué personajes o animales te sugieren.

HAGAMOS UN DECORADO

En tu casa encontrarás muchas cosas útiles para montar un decorado: las mesas, colocadas al revés, pueden ser trenes, barcos o aviones; las sillas pueden convertirse en coches o canoas, y una mesa recubierta de papel puede ser una caverna o una torre.
Si encuentras una caja grande, de esas que contienen televisores o neveras, puedes construir una casita y luego puedes pintarla y decorarla.

JUEGO DEL ESPEJO

Éste es un juego para hacer por parejas. Te tienes que poner delante de tu compañero e imitar todo lo que él haga: gestos de la cara, movimientos del cuerpo, y todo en silencio. Tienes que actuar como si fueras un verdadero espejo. ¡A ver qué tal lo haces!

Guía para los padres

PARA JUGAR...

Inventen personajes, provean muchos detalles sobre los mismos y luego representen una situación en la que éstos aparezcan. Ayúdense recurriendo a conflictos familiares pasados, usen mímica para describir sensaciones y sentimientos, alteren cuentos conocidos, inventen una historia de un tiempo pasado o futuro. También se puede improvisar una historia con el juego "tú sigues": uno empieza la historia y se va siguiendo por turnos. Se tiene que respetar el turno de palabra y poner un límite a la intervención de cada uno.

34

RUIDOS, SONIDOS Y SUSURROS

Hagan escuchar a los niños los sonidos de la ciudad de noche y que noten cómo éstos van cambiando a medida que se hace de día. Sugieran el ruido de una corriente de agua o el de un castillo misterioso. Para dar ambiente, pueden jugar a descubrir cómo se pueden reproducir sonidos con la boca, con las manos, con los pies, etcétera. Se pueden hacer ruidos de mil formas distintas: con botes llenos de garbanzos, con cucharas de madera y acero, o vasos de distintas formas. Para los padres puede resultar divertido pensar con qué materiales se puede reproducir un determinado sonido y proponerlo a los niños. ¡Quizás a ellos no les parezca tan buena idea y propongan otros!

UN BAÚL DE SORPRESAS

Una gran ayuda para jugar a hacer teatro es tener un baúl de disfraces. Debe contener telas, ropa vieja, sombreros, cintas, pañuelos de colores, pelucas, etcétera. Es mejor que no sean disfraces ya hechos, sino cosas que impulsen a utilizar la imaginación. Sobre todo, es importante que los niños se sientan libres al momento de jugar, que no tengan que preocuparse por si la tela se rompe o se ensucia. Puede ser divertido hacer una colecta entre amigos y familiares: todo el mundo tiene alguna prenda que puede ir de maravilla en el baúl. ¡Y no olvidemos una cajita de maquillaje!

EXPRESIÓN CORPORAL

Cuando jugamos a hacer teatro con niños pequeños, debemos olvidarnos del teatro que hacemos los mayores. Para ellos, memorizar textos o utilizar disfraces que no deben estropear puede arruinar su interés en el teatro para siempre. Pero… ¿y si jugamos a ser un globo inflándonos y desinflándonos, olas en un día de tormenta o nubes que se desplazan empujadas por el viento? Podemos hacer que el grupo imite la selva: diferentes animales, ríos, plantas y aves. Cada uno debe escoger su papel, hasta que todos se pongan de acuerdo.

Propiedad literaria (© Copyright) Gemser
Publications, S.L., 2004.
C/Castell, 38; Teià (08329) Barcelona, España
(Derechos Mundiales)
Tel: 93 540 13 53
E-mail: info@mercedesros.com
Autora: Núria Roca
Ilustradora: Rosa Maria Curto

Primera edición para los Estados Unidos y
Canadá (derechos exclusivos) y el resto del
mundo (derechos no exclusivos) publicada
en 2004 por Barron's Educational Series, Inc.

Dirigir toda correspondencia a:
Barron's Educational Series, Inc.
250 Wireless Boulevard
Hauppauge, New York 11788
http://www.barronseduc.com

Número de Libro Estándar Internacional 0-7641-2705-5
Número de Tarjeta del Catálogo de la Biblioteca
del Congreso 2003108248

Impreso en España
9 8 7 6 5 4 3 2 1